草にすわる

市河紀子 選詩
保手濱拓 絵

理論社

目次

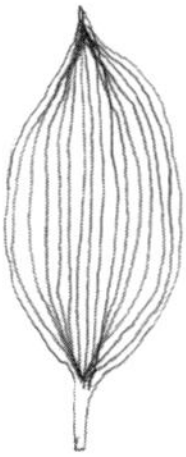

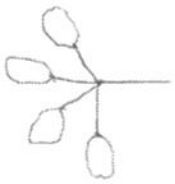

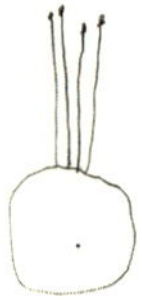

草に　すわる

八木重吉

わたしのまちがいだった
わたしの　まちがいだった
こうして　草にすわれば　それがわかる

ひかる

工藤直子

わたしは　だんだん
わからないことが多くなる
わからないことばかりになり
さらにさらに　わからなくなり
ついに
ひかる　とは　これか　と
はじめてのように　知る
花は

こんなに　ひかるのか　と
思う

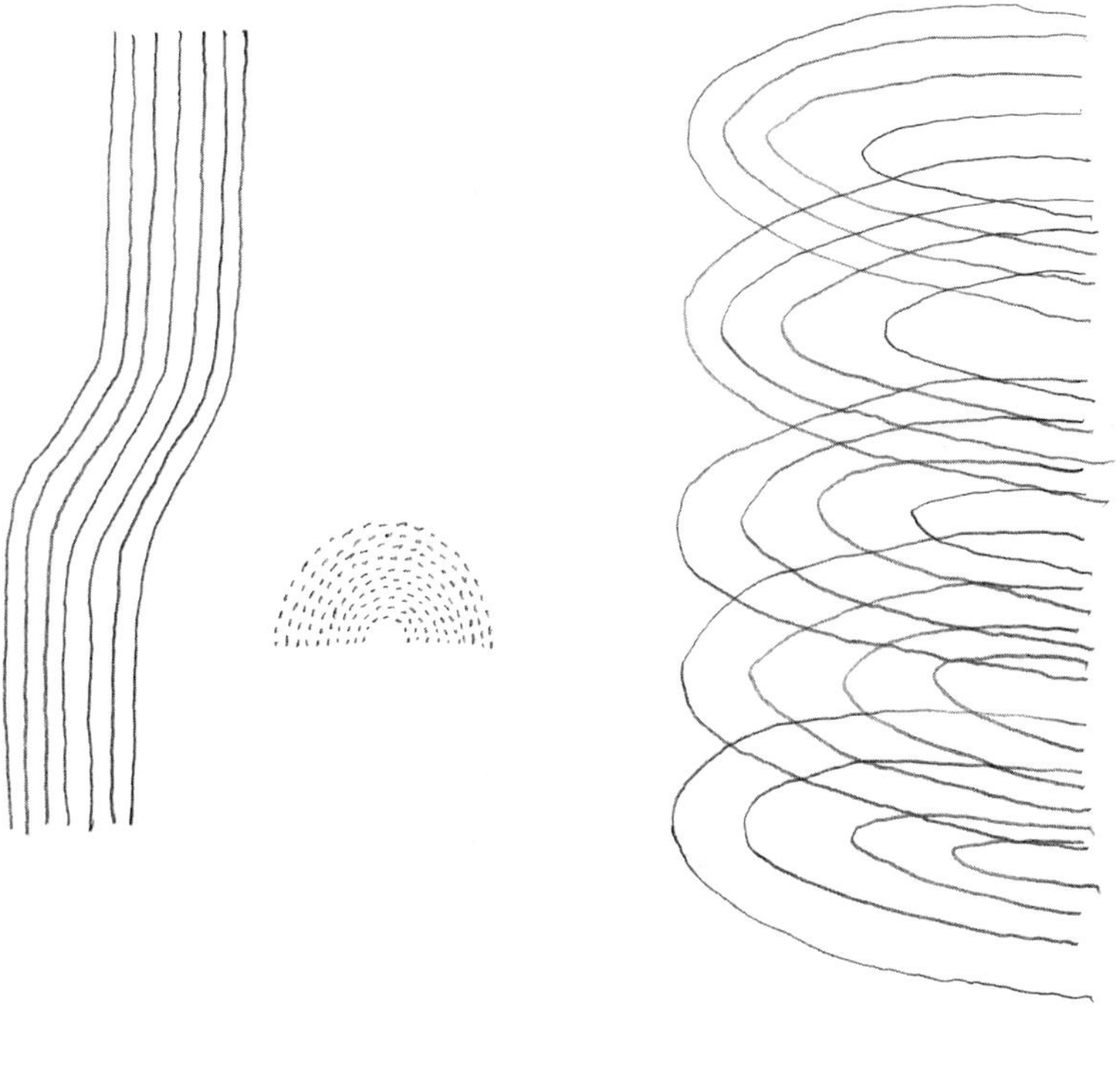

春のうた

草野心平

かえるは冬のあいだは土の中にいて
春になると地上に出てきます。
そのはじめての日のうた。

ほっ　まぶしいな。
ほっ　うれしいな。

みずは　つるつる。
かぜは　そよそよ。
ケルルン　クック。
ああいいにおいだ。
ケルルン　クック。

ほっ　いぬのふぐりがさいている。
ほっ　おおきなくもがうごいてくる。
ケルルン　クック。
ケルルン　クック。

さくらの　はなびら

まど・みちお

えだを　はなれて
ひとひら

さくらの　はなびらが
じめんに　たどりついた

いま　おわったのだ
そして　はじまったのだ

ひとつの　ことが

さくらに　とって
いや　ちきゅうに　とって
うちゅうに　とって
あたりまえすぎる
ひとつの　ことが
かけがえのない
ひとつの　ことが

葬式

工藤直子

牛が鳴き　菜の花がひらき
からからと灰が舞い上る
わたしは骨をひとつつまんでみた
——丈夫じゃったんですねえ。勘で
わかりますが、このひとの体は
若いもんのごと丈夫じゃったん
ですねえ。
火葬場のおじさんはお世辞のように言う
そうだろう　そうだろう
あの朝も元気で釣《つり》に出かけたのだから

牛が鳴き　菜の花がひらき
骨はきっちり壺《つぼ》におさまった。
父さん
あなたの持っていた思い出は
どうなるのだろうね
竿《さお》に伝わる魚の重みや
小さな孫を抱いた手のひらの感触は
どこへいってしまうのだろうね

最後にあなたをみたとき
胸の上で組んだ指に
少年の頃《ころ》の傷あとが
そのまま残っていたのだが

声

吉原幸子

誰《だれ》かが泣いている　泣いている
しずかなとき　その声がきこえる

わたしが有頂天でもなく　うちひしがれてもいない
酔っていず　しらけてもいない
ちょうどそんな釣り合いのときにだけ
耳のそばできこえる

すすり泣いているのは
わたしに傷つけられた　あのひとかもしれない

母かもしれない　子かもしれない
見知らぬ友だちかもしれない
遠い田んぼかもしれない

わたしが気づかずに殺してきた
捨て猫や　捨て犬かもしれない

わたしかもしれない

ぺんぎんの子が生まれた

川崎　洋《ひろし》

ぺんぎんの子が生まれた

父さんと母さん
それぞれのおじいさんとおばあさん
さらにはひいじいさんとひいばあさん　と
ほんの二五代さかのぼっただけで
この子の両親を始めとする先祖の総計は
六七一〇万八千八百六十二羽になる
そのうちのどの一羽が欠けても
この子はこの世に

現れなかった
ぺんぎんの子が生まれた

薔薇《ばら》二曲

北原白秋

一

薔薇ノ木ニ
薔薇ノ花サク。
ナニゴトノ不思議ナケレド。

二

薔薇ノ花。
ナニゴトノ不思議ナケレド。

照リ極マレバ木ヨリコボルル。
光リコボルル。

地球の用事

まど・みちお

ビーズつなぎの　手から　おちた
赤い　ビーズ

指さきから　ひざへ
ひざから　ざぶとんへ
ざぶとんから　たたみへ
ひくい　ほうへ
ひくい　ほうへと
かけて　いって
たたみの　すみの　こげあなに

はいって　とまった

いわれた　とおりの　道を
ちゃんと　かけて
いわれた　とおりの　ところへ
ちゃんと　来ました
と　いうように
いま　あんしんした　顔で
光って　いる

ああ　こんなに　小さな
ちびちゃんを
ここまで　走らせた
地球の　用事は
なんだったのだろう

ゆずり葉

河井酔茗《すいめい》

子供たちよ。
これは譲《ゆず》り葉の木です。
この譲り葉は
新しい葉が出来ると
入れ代わってふるい葉が落ちてしまうのです。

こんなに厚い葉
こんなに大きい葉でも
新しい葉が出来ると無造作に落ちる
新しい葉にいのちを譲って――。

子供たちよ
お前たちは何を欲しがらないでも
凡《すべ》てのものがお前たちに譲られるのです。
太陽の廻《まわ》るかぎり
譲られるものは絶えません。

輝ける大都会も
そっくりお前たちが譲り受けるのです。
読みきれないほどの書物も
みんなお前たちの手に受取るのです。
幸福なる子供たちよ
お前たちの手はまだ小さいけれど――。

世のお父さん、お母さんたちは

何一つ持ってゆかない。
みんなお前たちに譲ってゆくために
いのちあるもの、よいもの、美しいものを、
一生懸命に造っています。

今、お前たちは気がつかないけれど
ひとりでにいのちは延びる。
鳥のようにうたい、花のように笑っている間に
気がついてきます。

そしたら子供たちよ。
もう一度譲り葉の木の下に立って
譲り葉を見る時が来るでしょう。

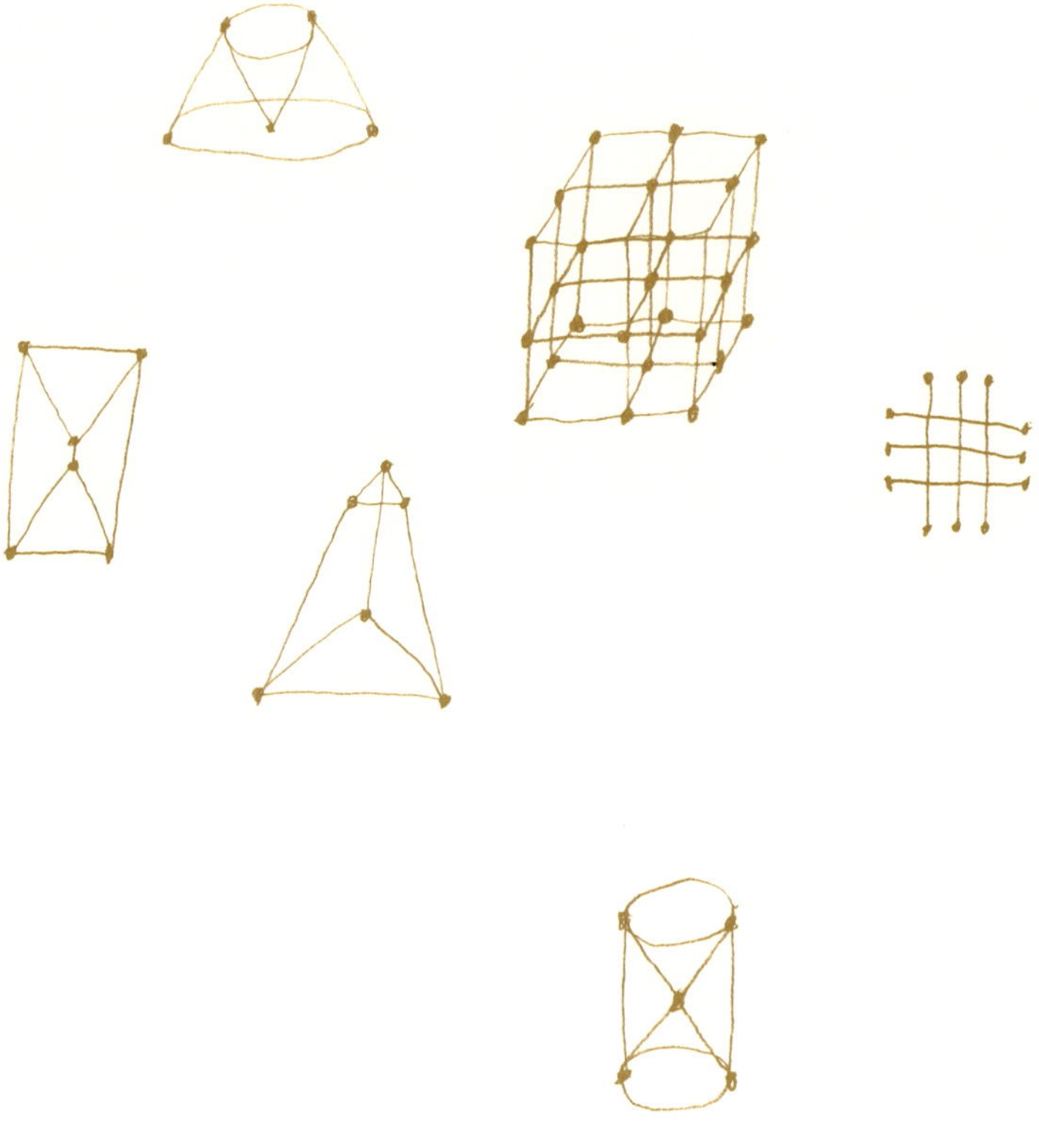

未明

大木 実

ぼくが目をさますまえに　誰《だれ》かがもう
あさがおを咲かせている
ぼくが目をさますまえに　誰かがもう
かなかなを鳴かせている

目をさましたぼくは庭にでて
誰かが咲かせていった
あさがおの花をけさも視《み》る

目をさましたぼくは木のしたで
誰かが鳴かせていった
かなかなの声をけさも聴く

あさがお

八木重吉

あさがおを　見
死をおもい
はかなきことをおもい

ことり

まど・みちお

そらの
しずく？
うたの
つぼみ？
目でなら
さわっても　いい？

間違い

谷川俊太郎

わたしのまちがいだった
わたしの　まちがいだった
こうして　草にすわれば　それがわかる

そう八木重吉は書いた（その息遣いが聞こえる）
そんなにも深く自分の間違いが
腑《ふ》に落ちたことが私にあったか

草に座れないから
まわりはコンクリートしかないから

私は自分の間違いを知ることができない

たったひとつでも間違いに気づいたら
すべてがいちどきに瓦解《がかい》しかねない
椅子《いす》に座って私はぼんやりそう思う

私の間違いじゃないあなたの間違いだ
あなたの間違いじゃない彼等の間違いだ
みんなが間違っていれば誰も気づかない

草に座れぬまま私は死ぬのだ
間違ったまま私は死ぬのだ
間違いを探しあぐねて

問い

茨木のり子

人類は
もうどうしようもない老いぼれでしょうか
それとも
まだとびきりの若さでしょうか
誰《だれ》にも
答えられそうにない
問い
ものすべて始まりがあれば終りがある
わたしたちは
いまいったいどのあたり？

颯颯《さつさつ》の
初夏《はつなつ》の風よ

前へ

大木 実

少年の日読んだ「家なき子」の物語の結びは、こういう言葉で
　終っている。
——前へ。
僕はこの言葉が好きだ。

物語は終っても、僕らの人生は終らない。
僕らの人生の不幸は終りがない。
希望を失わず、つねに前へ進んでいく、物語のなかの少年ルミよ。
僕はあの健気《けなげ》なルミが好きだ。

辛いこと、厭《いや》なこと、哀しいことに、出会うたび、
僕は弱い自分を励ます。
――前へ。

なのだソング

井上ひさし

雄々しくネコは生きるのだ
尾を振るのはもうやめなのだ
失敗おそれてならぬのだ
尻尾《しっぽ》を振ってはならぬのだ
女々《めめ》しくあってはならぬのだ
お目々を高く上げるのだ
凛《りん》とネコは暮すのだ
リンと鳴る鈴は外すのだ
獅子《しし》を手本に進むのだ
シッシと追われちゃならぬのだ

お恵みなんぞは受けぬのだ
腕組みをしてそっぽ向くのだ
サンマのひらきがなんなのだ
サンマばかりがマンマじゃないのだ
のだのだのだともそうなのだ
それは断然そうなのだ

雄々しくネコは生きるのだ
ひとりでネコは生きるのだ
激しくネコは生きるのだ
堂々ネコは生きるのだ
きりりとネコは生きるのだ
なんとかかんとか生きるのだ
どうやらこうやら生きるのだ
しょうこりもなく生きるのだ

出たとこ勝負で生きるのだ
ちゃっかりぬけぬけ生きるのだ
破れかぶれで生きるのだ
いけしゃあしゃあと生きるのだ
めったやたらに生きるのだ
決して死んではならぬのだ
のだのだのだともそうなのだ
それは断然そうなのだ

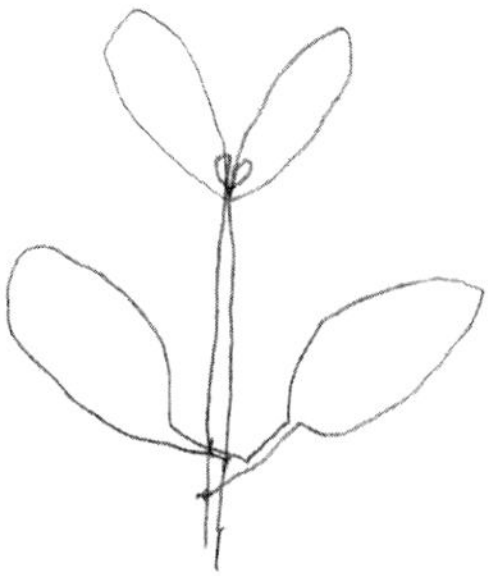

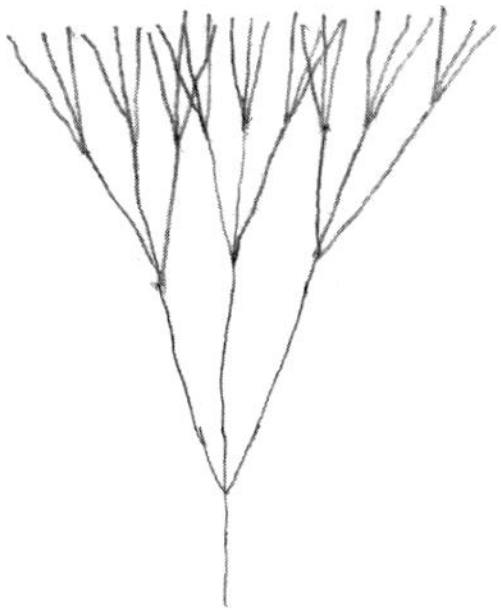

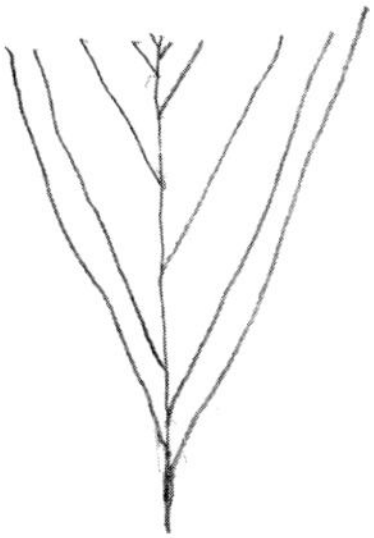

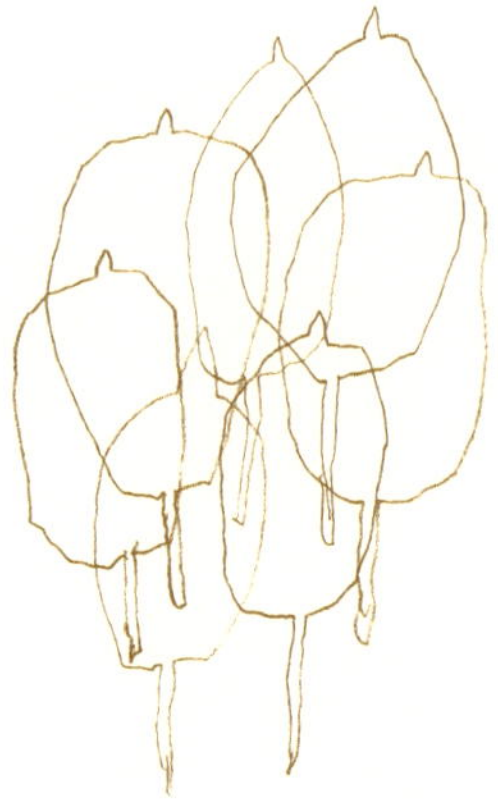

素朴な琴

八木重吉

この明るさのなかへ
ひとつの素朴な琴をおけば
秋の美くしさに耐えかね
琴はしずかに鳴りいだすだろう

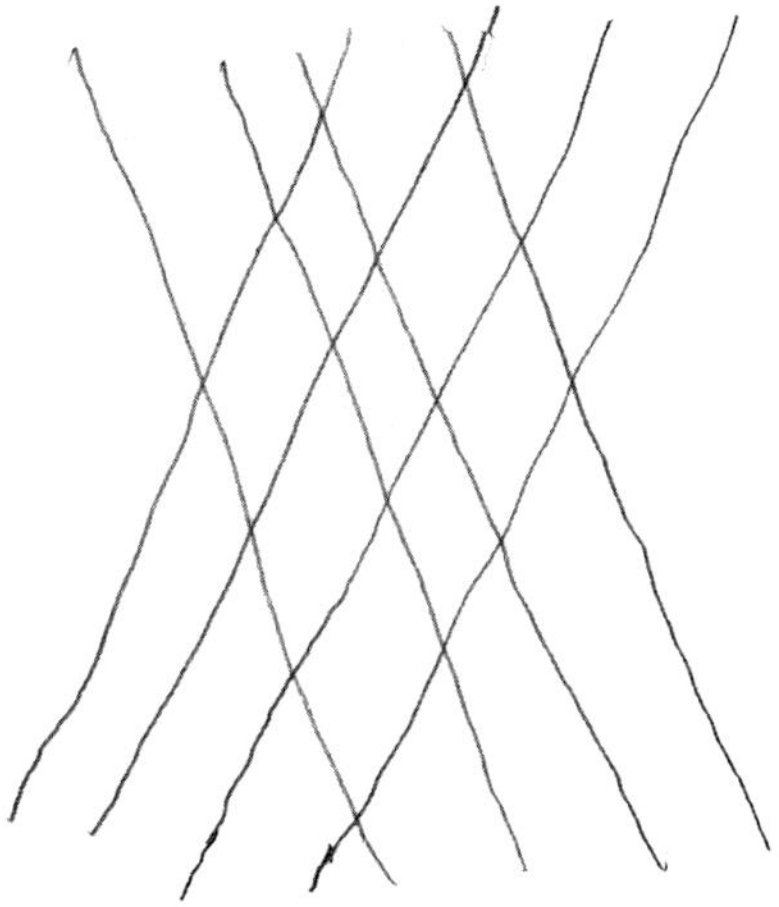

ぶどう

与田準一

ぶどうのように、
ひとつ　ひとつが
まるく。

ぶどうのように、
みんなが　ひとつの
ふさになって。

ぶどうのように、
ゆったりと

においも　あまく。
ぶどうのように、
よろこびを
ひとから　ひとへ。

田舎の駅

大木 実

いつか降りてみよう
ここを通るたび
きまってそうおもう
知らない田舎の駅

改札口のむこうに
ひっそりと
陽のあたっている
くだもの屋が見える

あのくだもの屋の横の
ほそい道を
歩いていってみたい
——けれどまだ降りたことはない

いつもせわしく暮しているので
気持がひかれ
降りてみたくなるのか
田舎の小さな駅

マツノキ

まど・みちお

マツノキの　ある
この　みちを　ゆけば
マツノキが　あって
かぜが　さわさわ
ぼくの　ポチが
きょう　しんだのに
マツノキが　あって

マツの　たかみで
マツの　かぜが
きょうも　さわさわ
ポチの　ぼくが
この　みちを　ゆけば

北

立原道造

ちひさな耳の　きき分けない
秋の歌は　空のあちらを
渡つてゐるやうだ——
山が　日に日に　色をかへはじめる
私の行けないあのあたりで
まだもつと向うに何かがある
青い嘴《くちばし》を持つ小鳥らが
それを私に告げながら
枝に疲れをやすめてゐる

さようなら

谷川俊太郎

ぼくもういかなきゃなんない
すぐいかなきゃなんない
どこへいくのかわからないけど
さくらなみきのしたをとおって
おおどおりをしんごうでわたって
いつもながめてるやまをめじるしに
ひとりでいかなきゃなんない
どうしてなのかしらないけど
おかあさんごめんなさい
おとうさんにやさしくしてあげて

ぼくすききらいいわずになんでもたべる
ほんもいまよりたくさんよむとおもう
よるになったらほしをみる
ひるはいろんなひととはなしをする
そしてきっといちばんすきなものをみつける
みつけたらたいせつにしてしぬまでいきる
だからとおくにいてもさびしくないよ
ぼくもういかなきゃなんない

もう　すんだとすれば

まど・みちお

もうすんだとすれば　これからなのだ
あんらくなことが　苦しいのだ
暗いからこそ　明るいのだ
なんにも無いから　すべてが有るのだ
見ているのは　見ていないのだ
分かっているのは　分かっていないのだ
押されているので　押しているのだ
落ちていきながら　昇っていくのだ
遅れすぎて　進んでいるのだ

一緒にいるときは　ひとりぼっちなのだ
やかましいから　静かなのだ
黙っている方が　しゃべっているのだ
笑っているだけ　泣いているのだ
ほめていたら　けなしているのだ
うそつきは　まあ正直者だ
おくびょう者ほど　勇ましいのだ
利口にかぎって　バカなのだ
生まれてくることは　死んでいくことだ
なんでもないことが　大変なことなのだ

自分自身に

吉野 弘

他人を励ますことはできても
自分を励ますことは難しい
だから――というべきか
しかし――というべきか
自分がまだひらく花だと
思える間はそう思うがいい
すこしの気恥ずかしさに耐え
すこしの無理をしてでも
淡い賑《にぎ》やかさのなかに
自分を遊ばせておくがいい

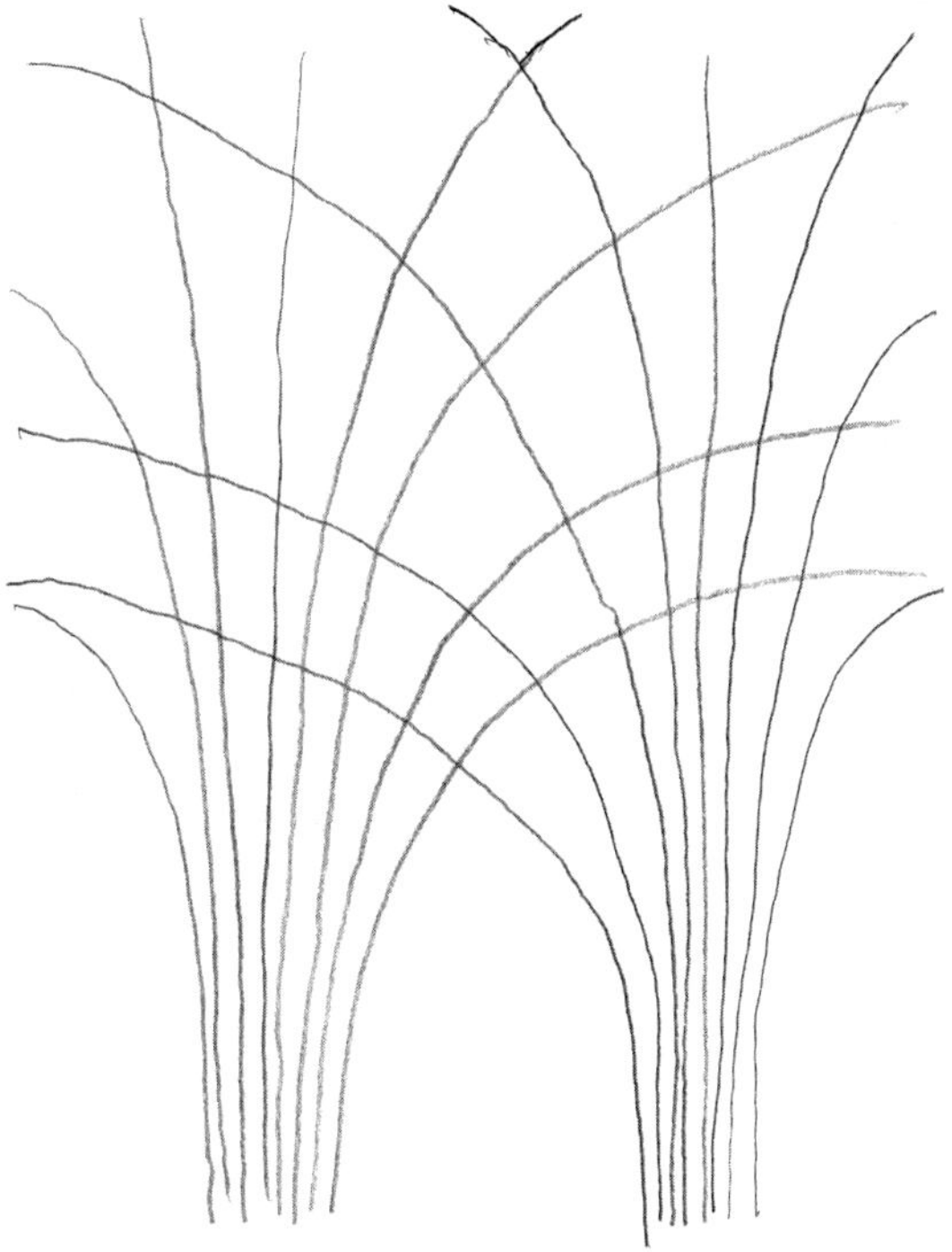

木の葉聖書

阪田寛夫

神さん
なんでおれひとり
いじめられてばっかり
おらんならんのか
と、悲しむ者は
しあわせや
木の葉が一枚
おまえの肩にとまっても
泣くほどうれしく
なるやろが

ほんまにわしは
きみらに告げる
わし一枚が
風に吹かれて落ちるのも
じぶんかってに
ひらひらするのやないわいな
とこ
とんやれな

ぼくが　ここに

まど・みちお

ぼくが　ここに　いるとき
ほかの　どんなものも
ぼくに　かさなって
ここに　いることは　できない

もしも　ゾウが　ここに　いるならば
そのゾウだけ
マメが　いるならば
その一つぶの　マメだけ
しか　ここに　いることは　できない

ああ　このちきゅうの　うえでは
こんなに　だいじに
まもられているのだ
どんなものが　どんなところに
いるときにも

その「いること」こそが
なににも　まして
すばらしいこと　として

過ぎし日のうた

阪田寛夫

過ぎし日は
きらめくように
あふれるように
てのひらを
こぼれ落ち
夏の川原の
石より白い

わが歌は
つばさのように

はばたくように
かなしみの
谷越えて
秋のまひるの
空へと昇る

雲は雲のままに流れ

工藤直子

雲は雲のままに流れ
海は海のままに浮かび
それを見つめる　ひとつの目があれば
地球は　おだやかに　まるくなる

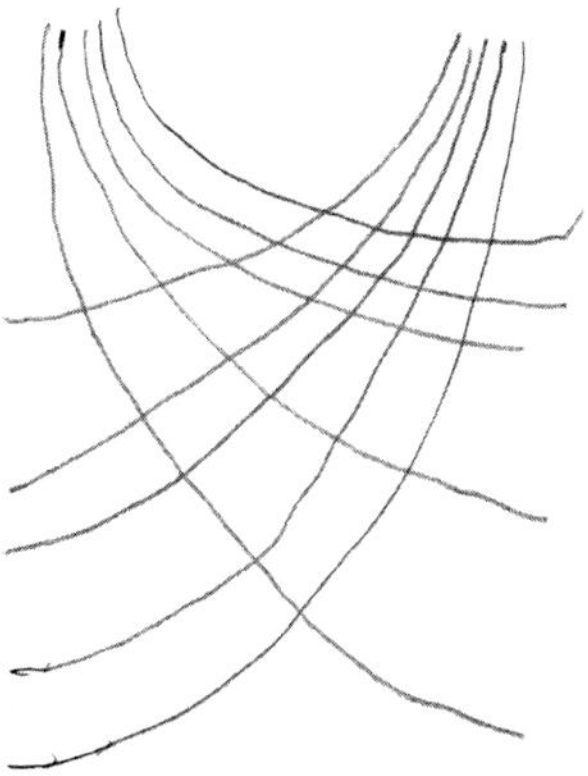

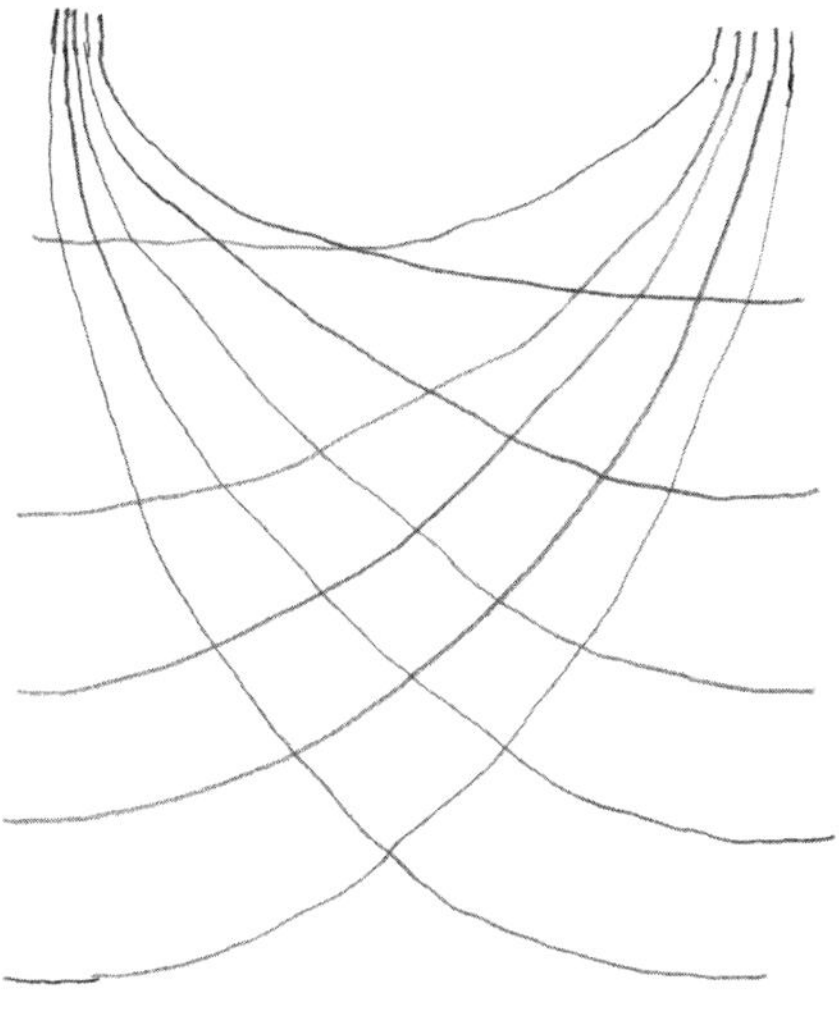

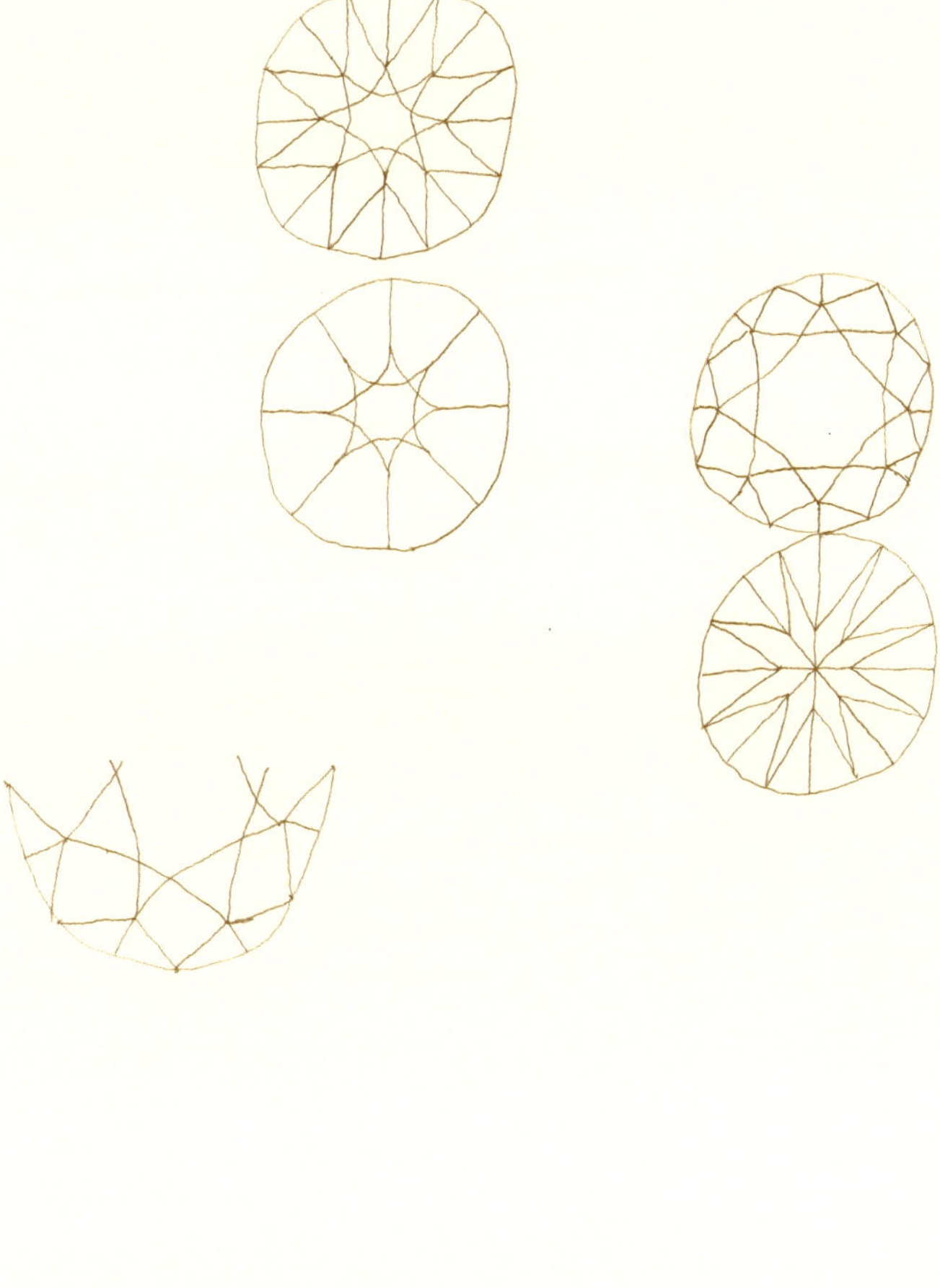

朝の　あやうさ

八木重吉

すずめが　とぶ
いちじるしい　あやうさ
はれわたりたる
この　あさの　あやうさ

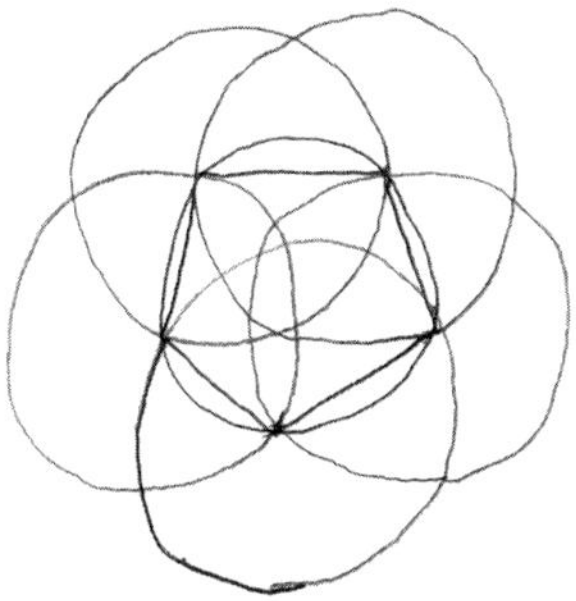
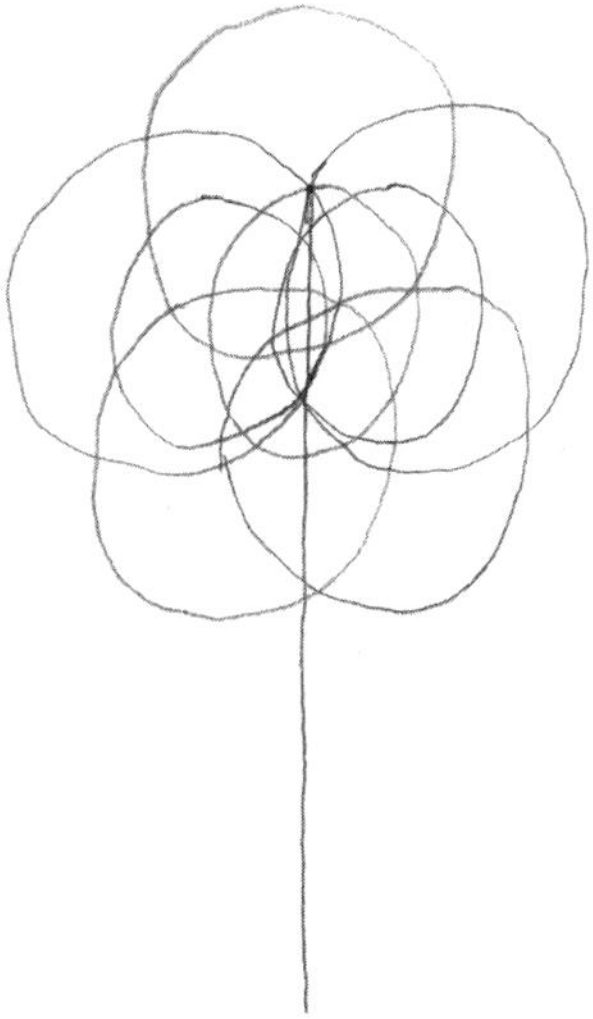

（無題）

八木重吉

さがしたってないんだ
じぶんが
ぐうっと熱がたかまってゆくほかはない
じぶんのからだをもやして
あたりをあかるくするほかはない

月に吠《ほ》える

阪田寛夫

荒野《あらの》にすんでいる
一匹オオカミも
かなしい時があるもんだ
さびしい時が
たまにはあるもんだ

まっかな月の夜
一匹オオカミは
どこか遠くへ行きたくて
ひとり　こっそり

呼んでみるんだ

泣いてはいないんだぞ
一匹オオカミは
胸をはって吠《ほ》えるんだ
まっかな月に
吠えるんだ

ゆび

まど・みちお

ひざの　うえに
てを　ひろげてみるたびに
むねが　つまる

ちいさな　ゆびたちが
わたしに　さいた
わたしの　はなの
はなびらででも　あるかのように
いきを　しているのだ

ほころしそうに
しあわせそうに
からだを　よせあって

まるで　このわたしから
どんな　いやらしいことも
どんな　なさけないことも
させられたことが
なかったかのように

わたしはたねをにぎっていた

山村暮鳥

わたしはたねをにぎっていた
なんのたねだかしらない
いつからにぎっているのか
それもしらない
とにかくどこにかまこうと
そしてあおぞらをながめていた
あおぞらをながめているまに
たねはちいさなめをだした

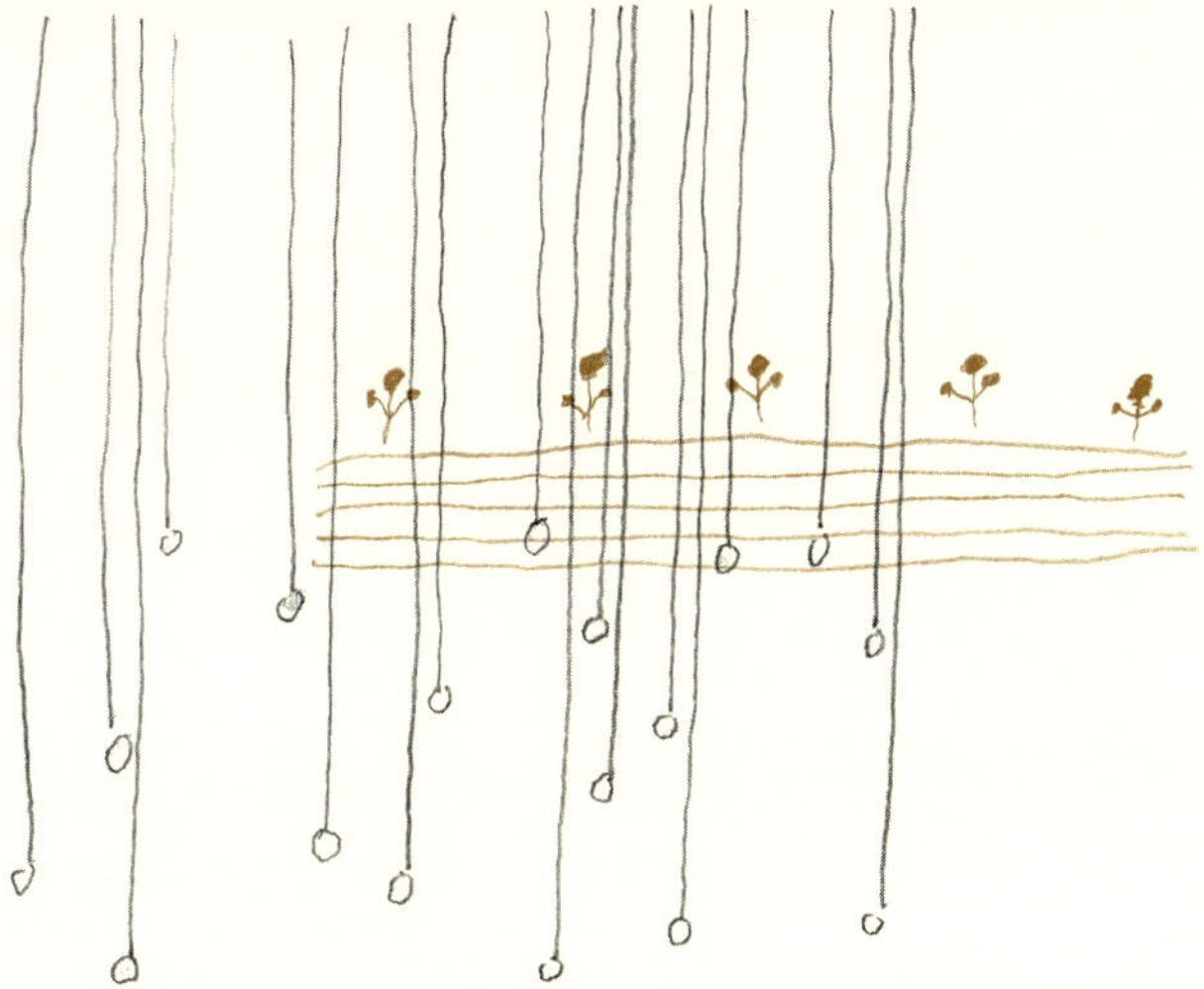

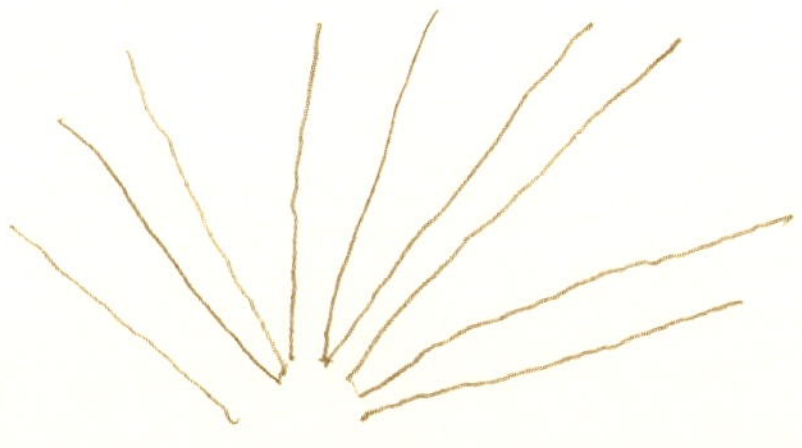

道が一本ありました

江國香織

夕暮れに
道が一本ありました
ほかにはなにも
ありません
ほかにはだれも
みえません
夕暮れに
道が一本ありました
しんとしたきもちで
私はそこに

白く　もちりとした二本の足で
ひとりで立っているのでした
暮れていく空と
目の前につづいている道を
ただ　じっと
にらんでいるのでした
歩く
ということを
ようやく　おもいつくまで

いのち

工藤直子

きのう　雨のなか
濡《ぬ》れたつばさの
飛べないからすが一羽
死んだ

きょう　雨あがり
あかるいはたけの白菜が
葉をのばす

日は昇り　また昇り

また昇り　また昇り
・・・・・
いのちは
まわっているように思われる

朝

谷川俊太郎

また朝が来てぼくは生きていた
夜の間の夢をすっかり忘れてぼくは見た
柿の木の裸の枝が風にゆれ
首輪のない犬が陽だまりに寝そべってるのを

百年前ぼくはここにいなかった
百年後ぼくはここにいないだろう
あたり前な所のようでいて
地上はきっと思いがけない場所なんだ

いつだったか子宮の中で
ぼくは小さな小さな卵だった
それから小さな小さな魚になって
それから小さな小さな鳥になって

それからやっとぼくは人間になった
十ケ月を何千億年もかかって生きて
そんなこともぼくら復習しなきゃ
今まで予習ばっかりしすぎたから

今朝一滴の水のすきとおった冷たさが
ぼくに人間とは何かを教える
魚たちと鳥たちとそして
ぼくを殺すかもしれぬけものとすら
その水をわかちあいたい

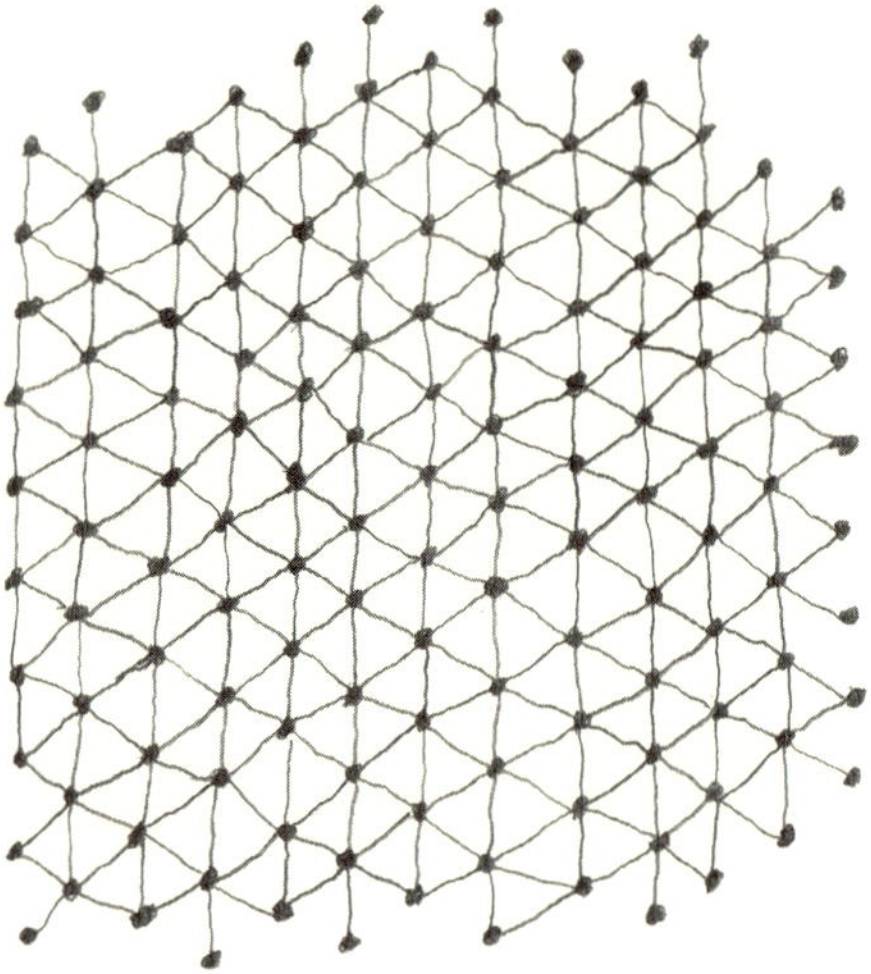

草にすわる　出典一覧（旧かなづかいは、一部新かなづかいに直しました）

草に　すわる（八木重吉）『定本八木重吉詩集』彌生書房
ひかる（工藤直子）『てつがくのライオン』理論社
春のうた（草野心平）『げんげと蛙』銀の鈴社
さくらの　はなびら（まど・みちお）『まど・みちお全詩集　新訂版』理論社
葬式（工藤直子）『てつがくのライオン』理論社
声（吉原幸子）『続・吉原幸子詩集』思潮社
ぺんぎんの子が生まれた（川崎洋）『ワンダフルライフ地球の詩』小学館
薔薇二曲（北原白秋）『白秋全集』第三巻　岩波書店
地球の用事　（まど・みちお）『てんぷらぴりぴり』大日本図書
ゆずり葉（河井酔茗）『詩の世界』ポプラ社
未明（大木実）『大木実詩集』思潮社
あさがお（八木重吉）『定本八木重吉詩集』彌生書房
ことり（まど・みちお）『まど・みちお全詩集　新訂版』理論社
間違い（谷川俊太郎）『日々の地図』集英社
問い（茨木のり子）『食卓に珈琲の匂い流れ』花神社
前へ（大木実）『大木実詩集』思潮社
なのだソング（井上ひさし）『道元の冒険』新潮社
素朴な琴（八木重吉）『定本八木重吉詩集』彌生書房
ぶどう（与田準一）『与田準一全集』第二巻　大日本図書
田舎の駅（大木実）『大木実詩集』思潮社
マツノキ（まど・みちお）『植物のうた』かど創房
北（立原道造）『立原道造詩集』岩波書店
さようなら（谷川俊太郎）『はだか』筑摩書房
もう　すんだとすれば（まど・みちお）『風景詩集』かど創房
自分自身に（吉野弘）『吉野弘全詩集』青土社
木の葉聖書（阪田寛夫）『阪田寛夫全詩集』理論社
ぼくが　ここに（まど・みちお）『ぼくが　ここに』童話屋
過ぎし日のうた（阪田寛夫）『阪田寛夫全詩集』理論社
雲は雲のままに流れ（工藤直子）『てつがくのライオン』理論社
朝の　あやうさ（八木重吉）『定本八木重吉詩集』彌生書房
（無題）（八木重吉）『定本八木重吉詩集』彌生書房
月に吠える（阪田寛夫）『阪田寛夫全詩集』理論社
ゆび（まど・みちお）『風景詩集』かど創房
わたしはたねをにぎっていた（山村暮鳥）『山村暮鳥全詩集』彌生書房
道が一本ありました（江國香織）『すみれの花の砂糖づけ』理論社
いのち（工藤直子）『あいたくて』大日本図書
朝（谷川俊太郎）『空に小鳥がいなくなった日』（サンリオ）

市河紀子（いちかわ・のりこ）
東京都生まれ。フリーランス編集者として主に児童書や詩集の編集に関わる。一九九九年より六年半、朝日新聞夕刊にて詩を紹介する月刊コラムを担当。詩集に『続まど・みちお全詩集』『工藤直子全詩集』（伊藤英治共編・理論社）、選詩集に『みみずのたいそう』『ぱぴぷぺぽっつん』（のら書店）などがある。

保手濱拓（ほてはま・たく）
一九八〇年兵庫県生まれ。美術家。自然や日常の中にあるささやかな発見を題材に絵画・木版画・写真などで作品づくりを行っている。二〇〇九年神戸ビエンナーレアーティストフォトコンペティション銅賞、二〇一二年やまぐち新進アーティスト大賞を受賞。挿絵に『のぼりくだりの…』（理論社）など。山口市在住。

草にすわる

2012年4月　初版
2024年9月　第5刷発行

編者　市河紀子　画家　保手濱拓　発行者　鈴木博喜　編集　芳本律子
発行所　株式会社理論社　〒101-0062　東京都千代田区神田駿河台2-5
電話　営業03-6264-8890　編集03-6264-8891　URL https://www.rironsha.com
装幀・本文レイアウト　池田進吾（67）　印刷・製本　加藤文明社　本文組　アジュール

ISBN978-4-652-07990-4 NDC911 B6変型判　18cm　95P